BILINGUA
Era la víspera d
'Twas the Night Before Christmas
ANNIVERSARY EDITION
200th
MW00886782

Introducción / Introduction

En 1823, el clérigo Clement Clarke Moore, del norte del Estado de Nueva York, capturó la imaginación de todo el país con su ingeniosa descripción poética de Papá Noel y su trineo llevado por los renos.

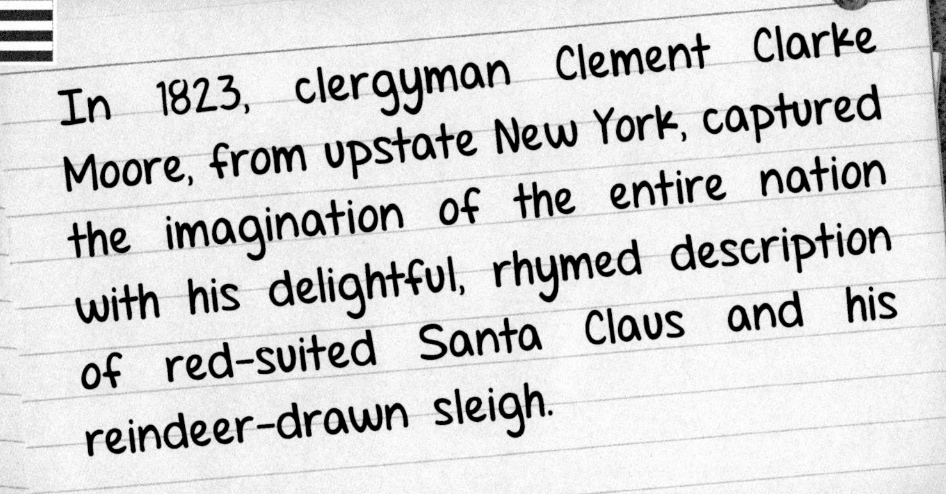

In 1823, clergyman Clement Clarke Moore, from upstate New York, captured the imagination of the entire nation with his delightful, rhymed description of red-suited Santa Claus and his reindeer-drawn sleigh.

Era la víspera de Navidad
y todo estaba calladito,
nada se movía
ni siquiera un ratoncito.

'Twas the night before Christmas,
when all through the house,
not a creature was stirring,
not even a mouse.

Junto a la chimenea
las medias colgaban,
pues a Papá Noel
ya todos esperaban.
The stockings were hung
by the chimney with care,
in hopes that Saint Nicholas
soon would be there.

Los niños en sus camas
bien arropaditos,
soñaban con turrones
y un montón de regalitos.

The children were nestled
all snug in their beds,
while visions of sugar-plums
danced in their heads.

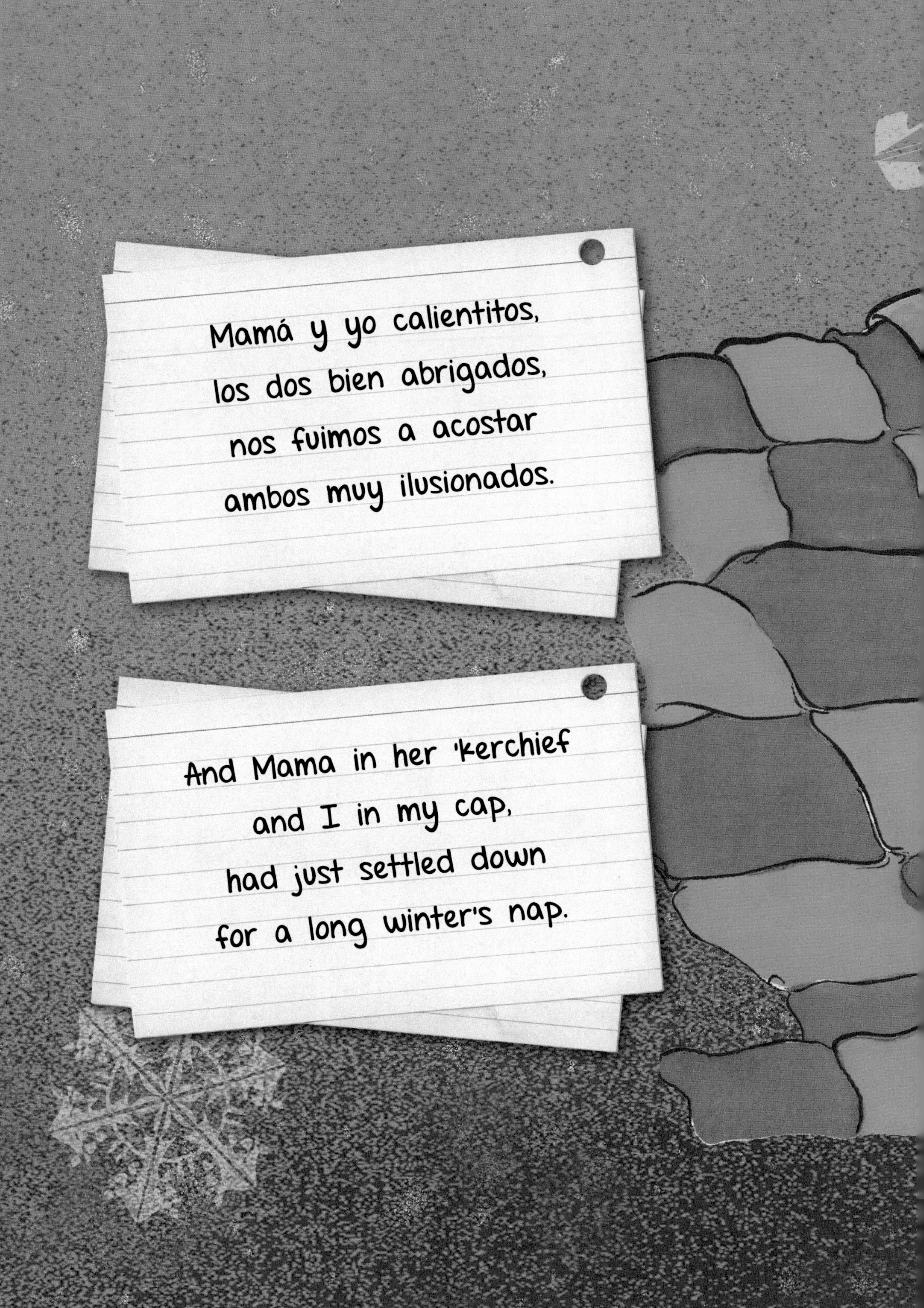
Mamá y yo calientitos,
los dos bien abrigados,
nos fuimos a acostar
ambos muy ilusionados.
And Mama in her 'kerchief
and I in my cap,
had just settled down
for a long winter's nap.

Cuando afuera de la casa
se oyó mucho ruido,
yo salté de la cama
a ver que había sucedido.

When out on the lawn
there arose such a clatter,
I sprang from my bed
to see what was the matter.

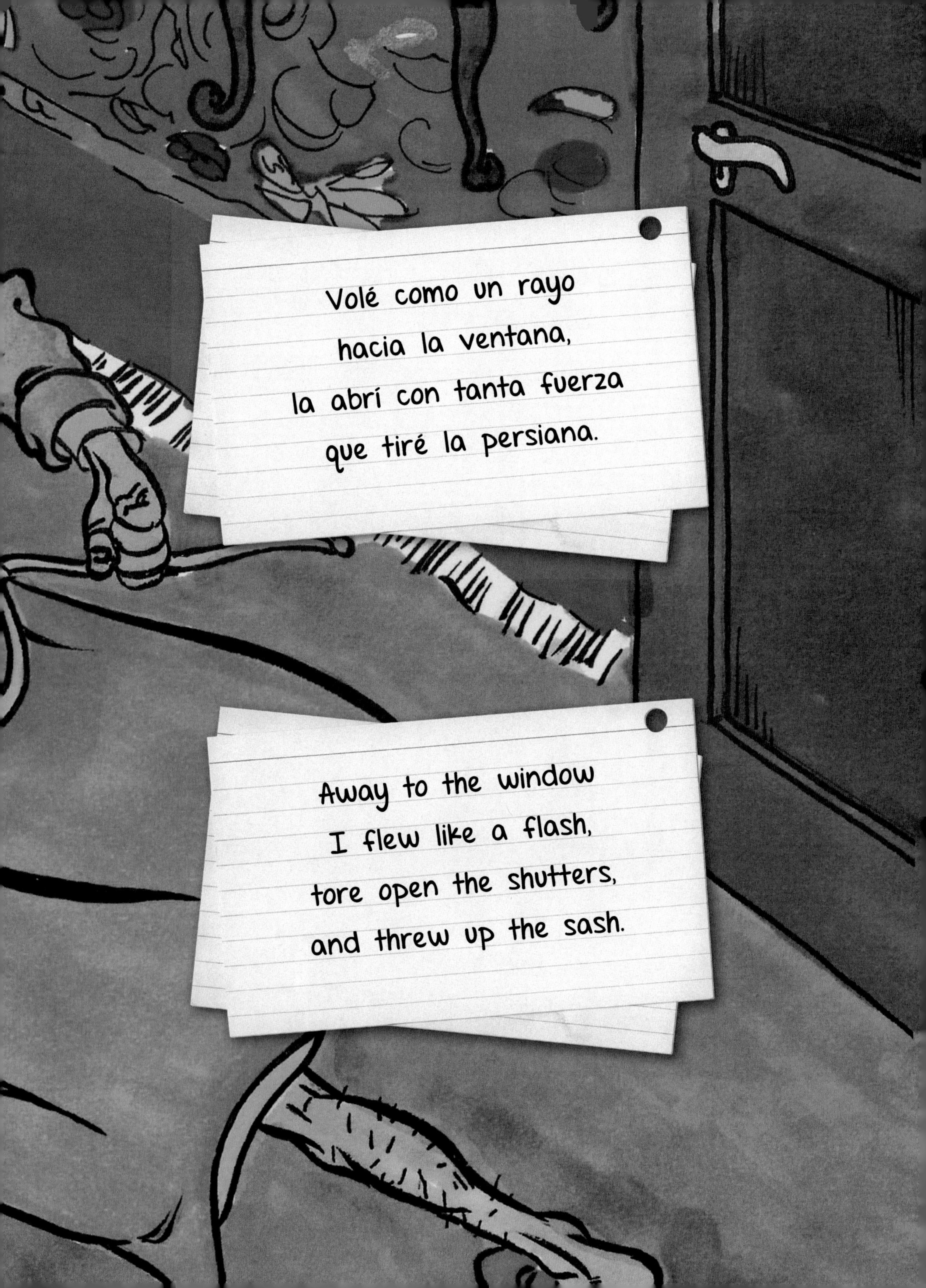
Volé como un rayo
hacia la ventana,
la abrí con tanta fuerza
que tiré la persiana.
Away to the window
I flew like a flash,
tore open the shutters,
and threw up the sash.

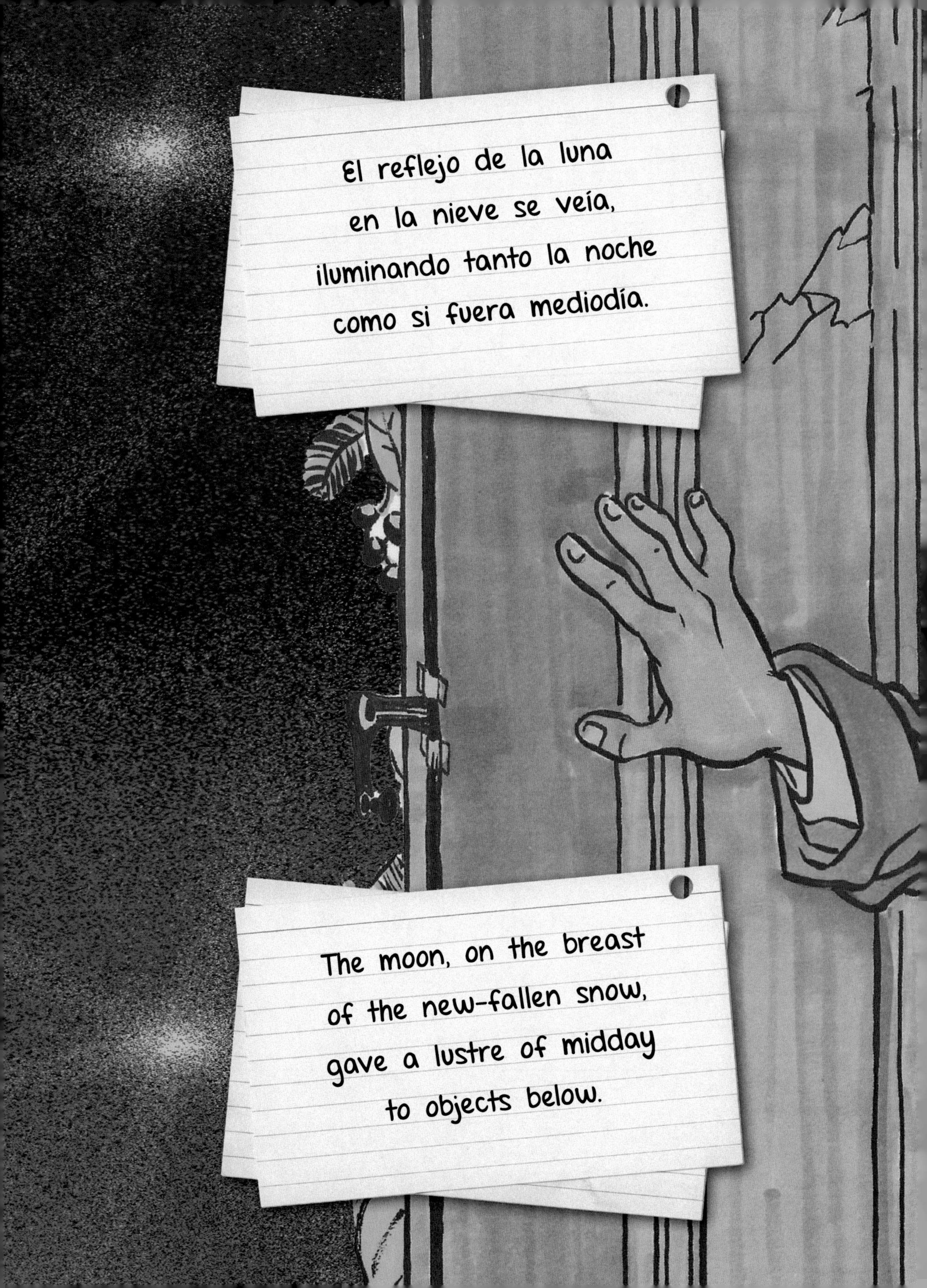
El reflejo de la luna
en la nieve se veía,
iluminando tanto la noche
como si fuera mediodía.
The moon, on the breast
of the new-fallen snow,
gave a lustre of midday
to objects below.

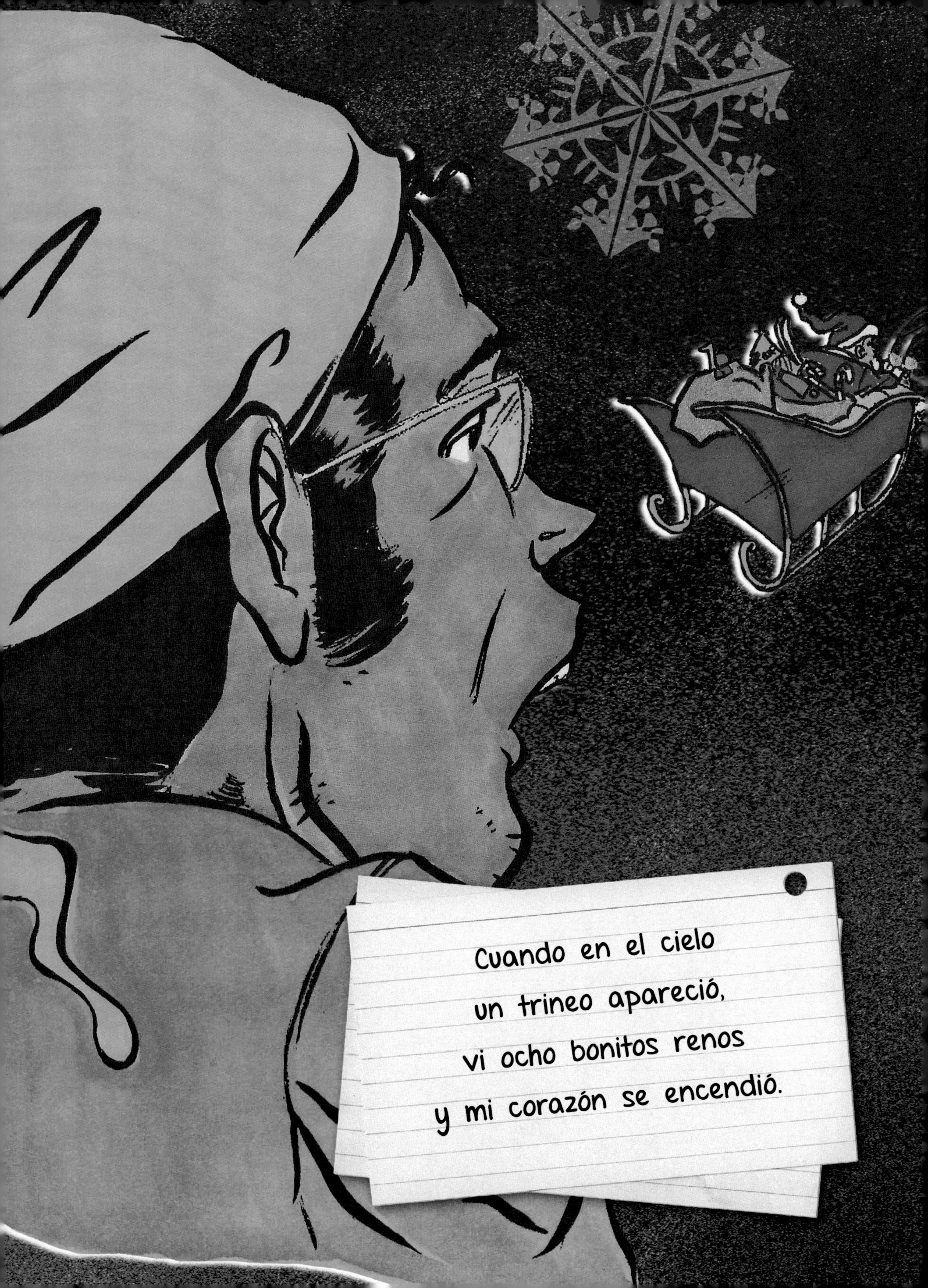
Cuando en el cielo
un trineo apareció,
vi ocho bonitos renos
y mi corazón se encendió.

When, what to my wondering
eyes should appear,
but a miniature sleigh
and eight tiny reindeer.

Con un viejito conductor
tan jovial y vivaz,
lo supe en el momento
¡Debía ser San Nicolás!

With a little old driver,
so lively and quick,
I knew in a moment
it must be St. Nick.

Más rápido que las águilas
llegaron sus renos volando,
los guiaba Papá Noel,
por sus nombres gritando.

More rapid than eagles,
his coursers they came,
and he whistled and shouted,
and called them by name:

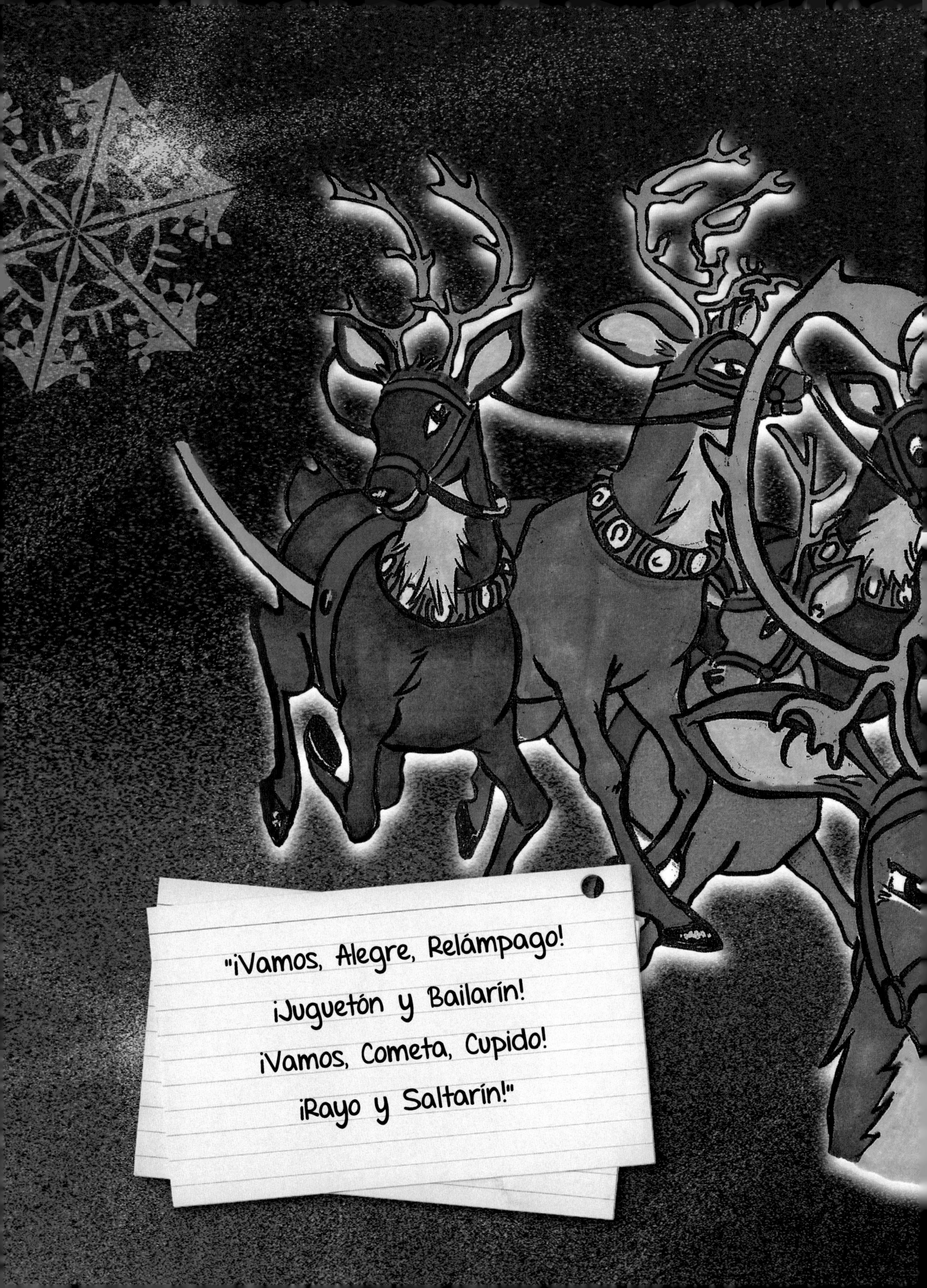
"¡Vamos, Alegre, Relámpago!
¡Juguetón y Bailarín!
¡Vamos, Cometa, Cupido!
¡Rayo y Saltarín!"

"Now, Dasher! Now, Dancer!
Now, Prancer and Vixen!
On, Comet! On, Cupid!
On, Donner and Blitzen!"

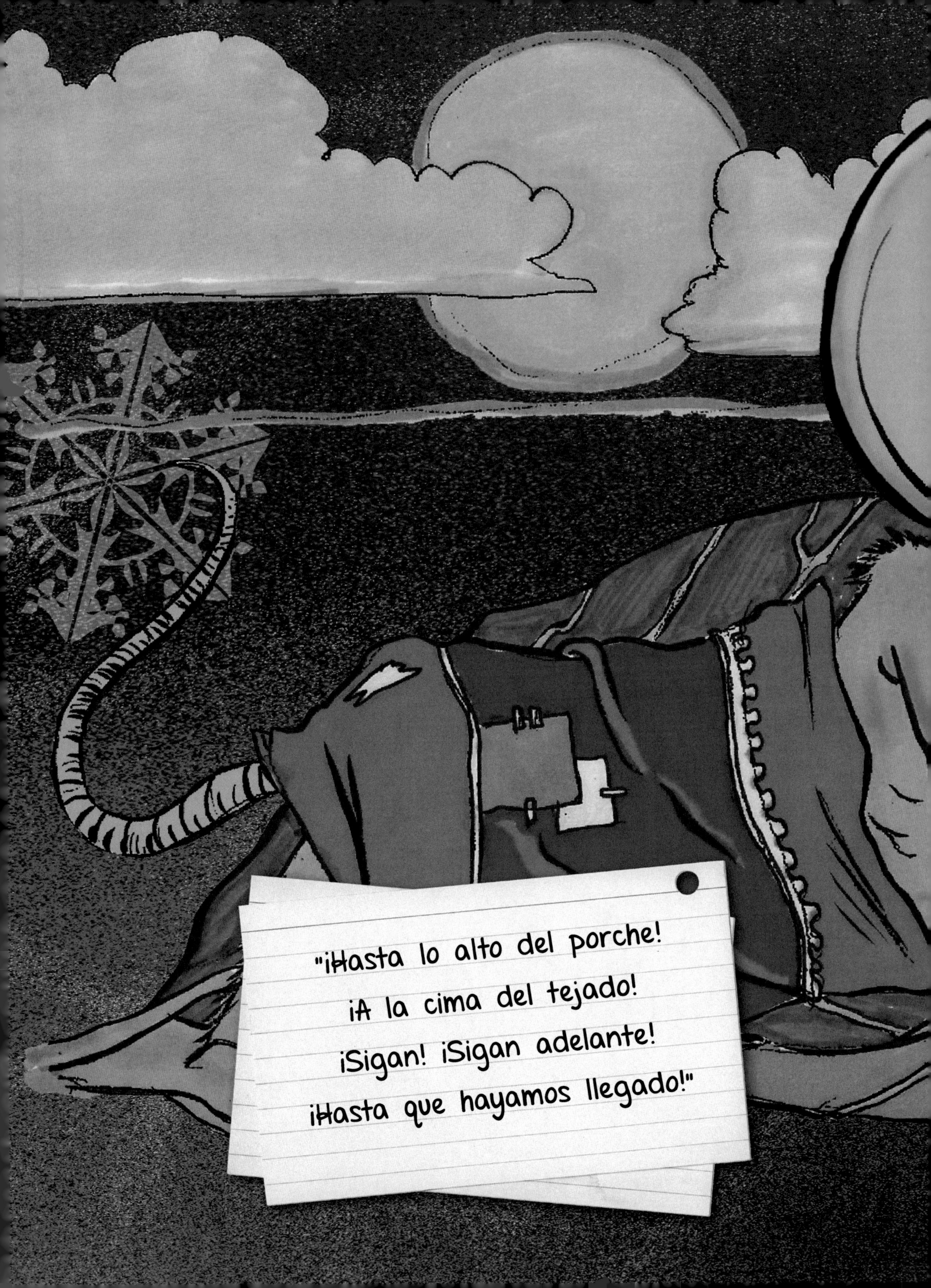
"¡Hasta lo alto del porche!
¡A la cima del tejado!
¡Sigan! ¡Sigan adelante!
¡Hasta que hayamos llegado!"

"To the top of the porch,
to the top of the wall!
Now, dash away! Dash away!
Dash away all!"

Como hojas secas
en un viento turbulento,
se elevaban en el cielo
sin ningún impedimento.

As dry leaves that before
the wild hurricane fly,
when they meet with an obstacle,
mount to the sky.

Hasta la chimenea
los renos volaron,
el trineo lleno de juguetes
con Papá Noel llegaron.
So up to the housetop,
the coursers they flew,
with the sleigh full of toys
and St. Nicholas, too.

En el techo escuché
en un parpadear,
los pequeños cascos
andar y saltar.

And then, in a twinkling,
I heard on the roof,
the prancing and pawing
of each little hoof.

Cuando me di cuenta
de lo que pasaba,
de la chimenea con un salto
San Nicolás bajaba.

As I drew in my head
and was turning around,
down the chimney
St. Nicholas came with a bound.

Con un abrigo de piel
vestido de pies a cabeza,
iba lleno de ceniza
manteniendo su belleza.

He was dressed all in fur,
from his head to his foot,
and his clothes were all tarnished
with ashes and soot.

Un gran saco de juguetes
en su espalda cargaba,
muchas prendas y muñecos
para los niños llevaba.

A bundle of toys
he had flung on his back,
and he looked like a peddler
just opening his pack.

¡Sus ojos, cómo brillaban!
¡Los hoyuelos, qué feliz!
¡Sus mejillas como rosas!
¡Como una cereza su nariz!

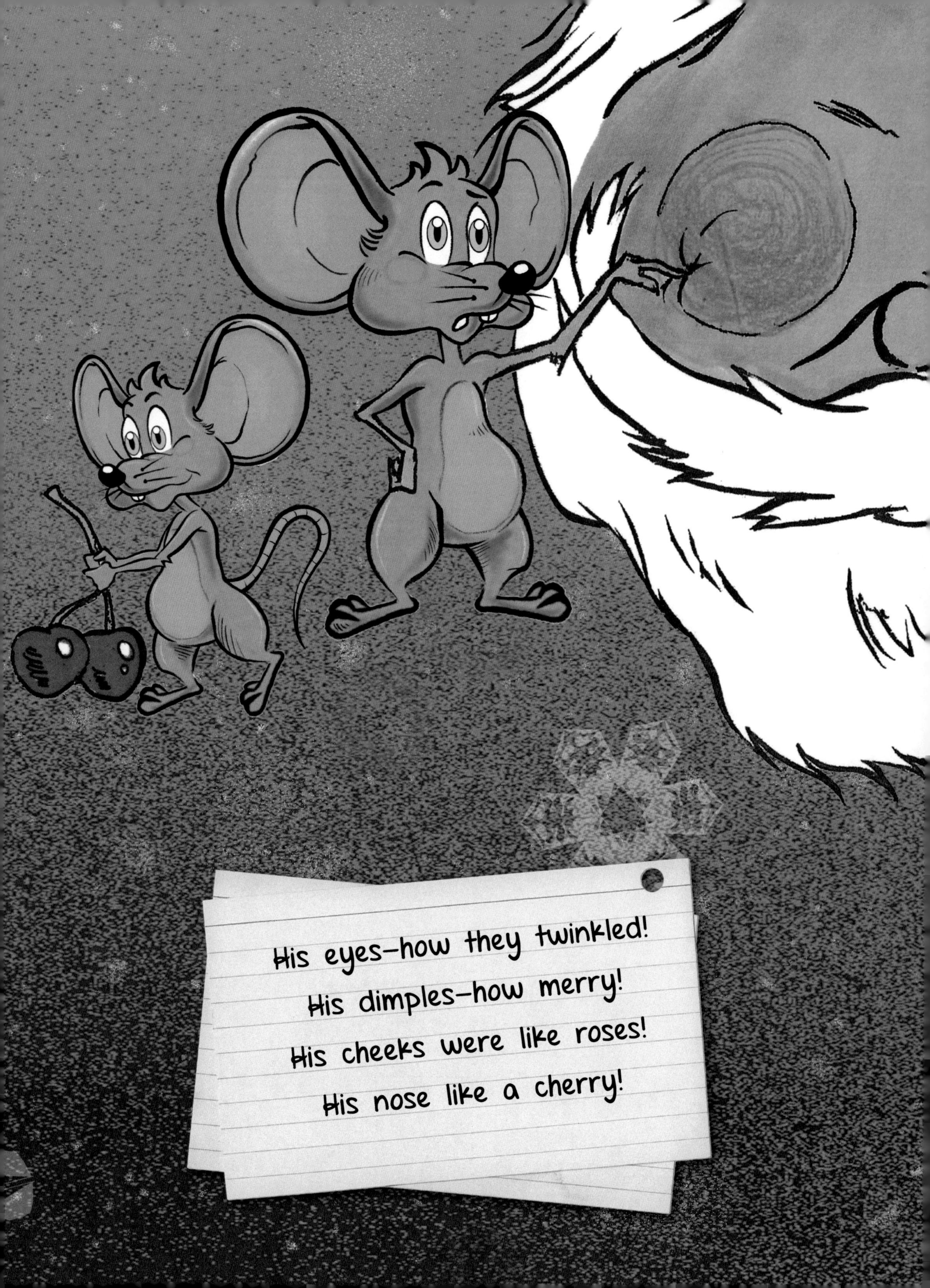
His eyes—how they twinkled!
His dimples—how merry!
His cheeks were like roses!
His nose like a cherry!

Su boca sonriendo
como una luna breve
y una barba grande,
blanca como la nieve.

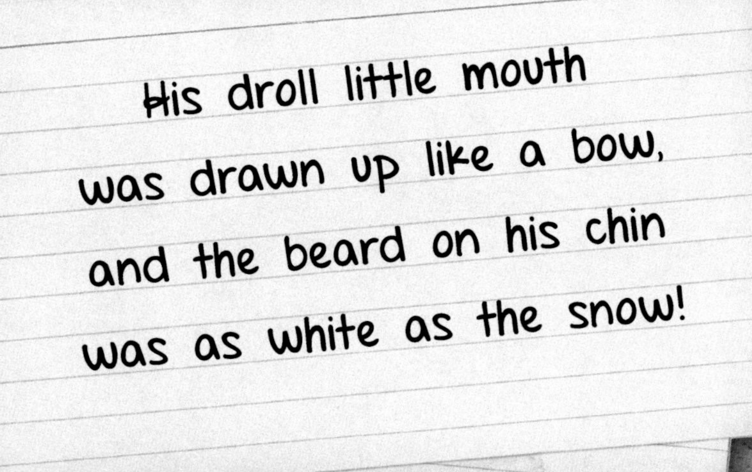
His droll little mouth
was drawn up like a bow,
and the beard on his chin
was as white as the snow!

Llevaba una pipa
apretada entre sus dientes
y el humo se le subía
en arcos relucientes.

The stump of a pipe
he held tight in his teeth,
and the smoke, it encircled
his head like a wreath.

Tenía una cara ancha
y una panza redondita,
le temblaba cada vez
que le entraba la risita.

He had a broad face
and a little round belly,
that shook, when he laughed,
like a bowl full of jelly.

Amable y gordito,
era un hombre jovial,
me hizo sonreír
con su presencia especial.

He was chubby and plump,
a right jolly old elf,
and I laughed when I saw him,
in spite of myself.

Con un gesto de su mano,
pronto me dio a entender
que era mi amigo
y nada había que temer.

A wink of his eye
and a twist of his head,
soon gave me to know
I had nothing to dread.

No dijo ni una palabra,
trabajó rápidamente,
llenó todas las medias,
y dio la vuelta de repente.

He spoke not a word,
but went straight to his work,
and filled all the stockings,
then turned with a jerk.

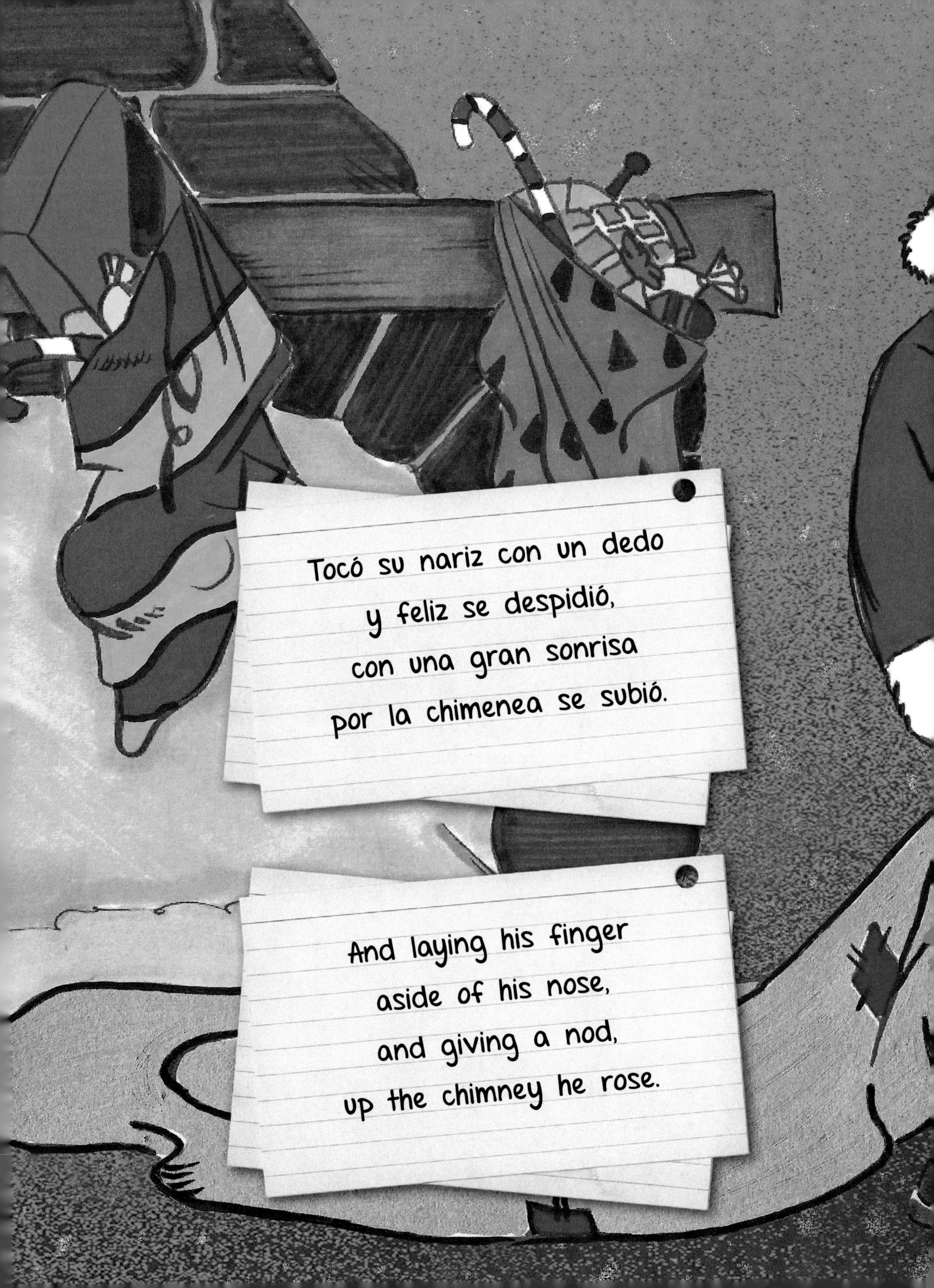
Tocó su nariz con un dedo
y feliz se despidió,
con una gran sonrisa
por la chimenea se subió.
And laying his finger
aside of his nose,
and giving a nod,
up the chimney he rose.

REN

Se montó en su trineo
y a sus renos les silbó,
como una pluma en el viento,
volando, desapareció.
He sprang to his sleigh,
to his team gave a whistle,
and away they all flew
like the down of a thistle.

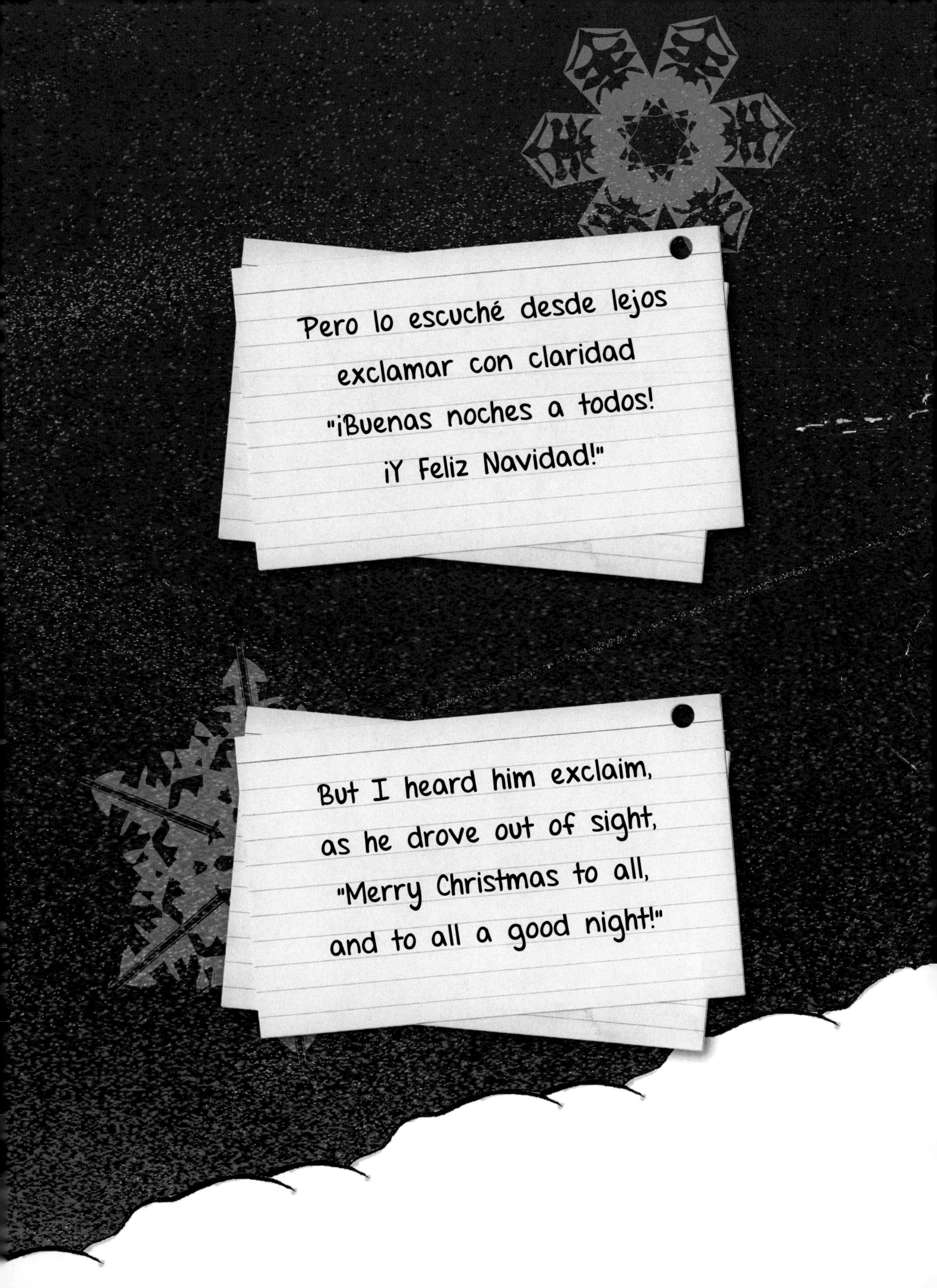
Pero lo escuché desde lejos
exclamar con claridad
"¡Buenas noches a todos!
¡Y Feliz Navidad!"
But I heard him exclaim,
as he drove out of sight,
"Merry Christmas to all,
and to all a good night!"

Director creativo: Sally M. Veillette

Traductores: Jessie Todd, Christian Rivera, Juanita Veasey, Alma Schlor, Mariel Chiaraviglio, Giovanni Campiglia, Lucile Covello, Soraia Cardoso Malda do Vale

Ilustraciones: Marco Nifosì, Kristo Neziraj, Giuseppe Stornello

Colores: Chiara Lucia Perni

Proyecto gráfico: Andrea Ferraro, Viola Imovilli, Raffaele Santaera, Rangana Kulatunga,

Staff: Natasja Sluiter, Lucile Covello

Historial de impresión

Primera edición: 2020 eBooks2go, Inc.

ISBN: 978-1-5457-5077-3

Segunda edición: 2021 Pop the Cork Publishing LLC

ISBN: 978-1-953501-03-5

Tercera edición: 2023 Pop the Cork Publishing LLC

ISBN: 978-1-953501-31-8

books@ciaosally.com

www.christmas200.com

Creative Director: Sally M. Veillette
Translators: Jessie Todd, Christian Rivera, Juanita Veasey, Alma Schlor, Mariel Chiaraviglio, Giovanni Campiglia, Lucile Covello, Soraia Cardoso Malda do Vale
Illustrators: Marco Nifosi, Kristo Neziraj, Giuseppe Stornello
Color: Chiara Lucia Perni
Design: Andrea Ferraro, Viola Imovilli, Raffaele Santaera, Rangana Kulatunga,
Staff: Natasja Sluiter, Lucile Covello

Printing history
First edition: 2020 eBooks2go, Inc.
ISBN: 978-1-5457-5077-3
Segunda edición: 2021 Pop the Cork Publishing LLC
ISBN: 978-1-953501-03-5
Tercera edición: 2023 Pop the Cork Publishing LLC
ISBN: 978-1-953501-31-8
books@ciaosally.com
www.christmas200.com

MERRY
Christmas!